# これは水です

## 思いやりのある生きかたについて大切な機会に少し考えてみたこと

デヴィッド・フォスター・ウォレス

阿部重夫　訳

目次

デヴィッド・フォスター・ウォレスは、ケニオン・カレッジの二〇〇五年度の卒業式に招かれ、随意のテーマでスピーチした。このようなはなむけの言葉を彼が引き受けたのは、これ一度きりである。

# これは水です

# THIS IS WATER

若いおサカナが二匹、
仲よく泳いでいる。
ふとすれちがったのが、
むこうから泳いできた年上のおサカナで、
二匹にひょいと会釈して声をかけた。
「おはよう、坊や、水はどうだい？」

そして二匹の若いおサカナは、
しばらく泳いでから、はっと我に返る。
一匹が連れに目をやって言った。
「いったい、水って何のこと?」

この手の前置きが
アメリカの卒業式スピーチでは
よく求められるので、
だれもが説教くさい寓話を
ひとくさりご披露するわけです。

こういうたとえ話は
このたぐいのスピーチにありがちな
ばかばかしいしきたりのなかでは、
まだしもましなほうですが、
……でも、この僕がこざかしい先輩のおサカナとして、
この壇上から
あなたがた後輩のおサカナたちに
水とは何かを説法する役目を
演じたがっているとお思いでしたら
ご心配にはおよびません。

この僕は
こざかしい
先輩のおサカナじゃありません。

このおサカナの小ばなしの
肝心かなめのポイントは
あまりにもわかりきっていて
ごくありきたりの
いちばんたいせつな現実というものは
えてして
目で見ることも
口で語ることも
至難のわざである
ということです。

こうして文章にしてしまうと
聞き飽きた常套句《クリシェ》に聞こえますが
――ほんとうのことを言えば、
社会人になって
日々のタコツボのなかで
かつがつ生きるようになると
聞き飽きたと思っていた常套句が
生きるか死ぬかの
大問題になりかねないのです。

つまり
きょうのような爽やかな晴れた朝
あなたがたに申し上げたいことは
それに尽きます。

もちろん
こういう場でスピーチするにあたって
不可欠なのは、
あなたがたが受けた
リベラル・アーツ（人を自由にする学問）教育の意味を語り
これから手にする学位が
単なる授業料の見返りでなく
なぜ実際に人間的な価値を持つのかを
説明することです。

ですから、卒業式スピーチのなかでも
とりわけ月並みな決まり文句について
僕もここで語りましょう。
リベラル・アーツというものは
学生に知識を詰め込むことに
重きを置いておらず、
カッコつきで引用すれば
大事なのは「ものの考えかたを教えること」なのだ、と。

あなたがたが
大学生のころの僕みたいに
生意気だったら
そう言われて
いい気持ちはしなかったでしょう。
こんないい大学に入ったのだから
ものの考えかたがすでに身についている
というお墨付きをもらったつもりでいたのに
いまさら考えかたを教わる必要がある
なんて言われると
ちょっと癇にさわりそうです。

けれども僕があなたがたに
申しあげたいのは
リベラル・アーツのそういう決まり文句は
けっして屈辱的なものではないと
いずれは納得するだろうということです。
なぜなら
僕らがこうした場所で学ぶべき思考法のなかで
ほんとうに大事なことは
考える容量をただ増やすことではなく
むしろなにを考えるべきかを
選ぶことにあるからです。

なにを考えるべきかを選ぶなんて
まったく自由なのだから、
そんなことを語っても
時間のムダだと思うのでしたら、
おサカナと水の話を思い浮かべてください。
そしてほんの数分でいいから、
ごくわかりきったことが持つ価値について
疑う気持ちをカッコにくくってほしいのです。

もうひとつ、教訓めいた
小ばなしがあります。

遠く離れたアラスカの辺境で
バーに男が二人座っています。

一人は信心深く
もう一人は神を信じていない。
四杯目のビールを飲みほすと
二人はそれこそ意地になって
神が存在するかどうかの
激論をたたかわせます。

すると
神を信じない男が言いだしました。
「なあ、このおれは
ちゃんとした理由もなく
神を信じないなんて
放言する手合いじゃないだろ。

神さまに祈ったら
ご利益《りやく》があるかどうかを
じぶんで試しもせず
空頼みと決めつけるような
やからでもないだろ。

つい先月のことだ。
キャンプを出たら
猛吹雪に襲われて
一寸先も見えず
完璧に迷子になってしまったんだ。
気温は氷点下五十度さ。
一か八かだ。
おれはとうとう雪のうえにひざまずいて叫んだのさ。
『神さま、私はこの吹雪で迷子になってしまいました。
もし神さまがいらっしゃるのなら
どうかお助けください。
でなければ私は死んでしまいます』ってね」

すると、バーで聞いていた信心家が
いぶかしそうに
無神論の男を見つめて
こう言いました。
「ふーん、そんなら、もうあんたも
神さまを信じるべきだろ。
結局、生きてここにいるんだから」

ところが無神論の男は
目を白黒させて、
この信心家を
さも呆れたやつと言わんばかりに
「とんでもないね。
それから起きたのはこうだ。
エスキモーが二人
たまたまそばを通りかかって
キャンプにもどる道を
教えてくれたってわけさ」

いわゆるリベラル・アーツのしきたりどおりに分析して
この話を説明するのはたやすいことです。
それぞれ別の信条のテンプレート*を持ち、
経験から意味を汲み取る方法が
天と地ほども違っている二人が
同じ体験をしたところで、
まったく別の意味になってしまうことがある、
というふうに。

寛容を尊び、信条は好き好きでいい、と思う僕らだから
リベラル・アーツ流の論法に従うなら、
一方の解釈がほんとうで
もう一方の解釈が嘘でデタラメだとは
とても言い張る気になれません。

それはそれで結構なのですが
ひとつだけ問題なのは
個々のテンプレートと信条が、
どこに由来するのか、
つまり、二人の男の内面の
どこから来たのか
という議論にまで
どうしてもたどりつかないことです。

それはあたかも
この世界や経験の意味するものに対して
人がとる本源的な身構えが
身長や靴のサイズみたいに、
あるいは言語のように
文化から沁みわたったもののみたいに、
どこかオートマチックにハードウエアに
組みこまれてしまっているかのようです。

あるいは
僕らがどのように意味を組み立てていくか、
それがじつは個人が意図して選び
こころして決めたものではないとでも
言うかのようなのです。

さらにそこに、傲慢の問題が加わります。

宗教と無縁なあの男は
エスキモーがあらわれても
それがさっき神に救いを求めた
あの祈りと関係があるとは
つゆほども思わず
鼻白むほど
自分を過信しています。

実のところ、わが解釈こそが正しいと
傲慢にも過信する人は
宗教人のなかにも大勢いるのです。

すくなくとも
ここにご列席の方々の大半にとって
そういう人たちのほうが
無神論者よりよほど
うんざりさせられる存在でしょう。
でも、ほんとうは
宗教人の唯我独尊の問題は
この小ばなしの無神論者とどっちもどっちなのです。
――傲慢、やみくもな過信、かたくなに閉ざされた心。
どちらも鉄壁の牢獄に閉じこめられ
獄中にいることすら自覚していない
囚人みたいです。

ここでのポイントは
「ものの考えかたを教える」という
リベラル・アーツのお題目が
真に意味していることは
ほんのすこしばかり謙虚になり
じぶん自身とじぶんの確信に
すこし「批判的な自意識」を持つことであって、
これがそのひとつなのです……
なぜなら、僕がつい鵜呑みにしてきたことは
かなりの割合で
とんだペテンとウソいつわりだったと
わかったからです。

おかげで僕は
しこたま痛い目をみました。
あなたがた卒業生もいずれそうなる、
と予告しておきましょう。

僕がはからずも
鵜呑みにしてきたけれど
まるではきちがえていた
一例があります。

僕自身がじかに経験することは
なんであれ
この僕が宇宙の絶対のど真ん中にいて
実存するなかで、もっともリアルで生き生きして
だれよりも重要な人物である
という深い確信に支えられています。

こうして自然に、かつ本源的に
じぶんが中心になっているなんて
めったに僕らが意識しないのは、
そんなことをしていたら
社会で嫌われ者になるからです。
でも、こころの底では
みんな似たりよったりなのです。

それが僕らの初期設定《デフォルト》*だからです。
生まれながらにして、僕らの基板に
ハードウエアとして
組みこまれているからです。

考えてもごらんなさい。
じぶんが絶対の中心でないなんて
あなたがたも経験したことがないでしょう?

あなたが経験する世界は
あなたの正面にある。
あなたの背後にある。
あなたの左か右にある。
あなたのテレビか、モニターか
そのほか何でもいいけれど、そのなかに映っている。

他人の考えや感情は
何らかのルートを介して
あなたに伝えてもらわなければなりません。
でも、あなた自身の考えや感情は
じかにすぐ触れられるから、リアルなのです。

わかるでしょ。

でも、どうかご心配なく。
僕は憐れみとか
他人への気くばりとか
いわゆる「徳」だの何だのを
あなたがたに説教しようと
していわけではありません。

これは徳の問題ではなく――
僕に自然に組みこまれた
ハードウエアであるこの初期設定を
どうにかして変える
あるいは削除するといった作業を
僕個人が選ぶかどうかの問題なのです。
この設定は文字どおり
徹底して自分中心になっています。
なんでもこの自我のレンズを通して
ものを見たり、解釈していますから。

自然に埋めこまれた初期設定を
こうして手直し《アジャスト》のできる人たちは
往々にしてカッコつきで
「適応能力がある《ウエル・アジャステッド》」と言われます。
これはあてずっぽうの表現ではないと思います。

この大学のような「学問の府」と
言われる環境においては、
あたりまえの疑問が湧いてくることでしょう。
この初期設定を手直しする作業には
いったいどれほどの
実学が必要なのか、と。

その答えは当然ながら
僕らの議論が
どんなたぐいの知識に基づいて
なされるかによる
ということにあります。

たぶん、学問教育の場で
いちばん危険なのは
すくなくとも僕の場合
ものごとを過剰に知的にする癖が出て
抽象思考の迷子になってしまいがちなことです。
僕の眼前でなにが進行中か
ただ目を凝らすだけでいいのに。

僕の内部で
なにが進行中か
耳を澄ませばいいだけなのに。

きっとあなたがたも今では
うすうす勘づいているかもしれませんが
頭のなかでいつも囁きかけてくる
ひとりごとの催眠術に操られずに
気を引き締めたまま
おのれを持するのは
極めて難しいことなのです。

この葛藤から得られるものは、
あなたがたにとって未知なはずです。

僕自身も大学を卒業して二十年経ち
しだいにそれが分かるようになりました。
そして「ものの考えかたを教える」という
リベラル・アーツの決まり文句が
じつはとても深くたいせつな真実を
みじかく端折っていることが
見えてきたのです。

「ものの考えかたを学ぶ」とは
ほんとうは
なにをどう考えるか
コントロールするすべを学ぶ
ということなのです。

それは意識して
こころを研ぎすまし
何に目を向けるかを選び
経験からどう意味を汲みとるかを選ぶ
という意味なのです。

なぜなら、社会人生活のなかで
こうした選別ができず
しようともしないなら
とんだ辛酸をなめるからです。

こころは
「気の利く召使だが
恐ろしい暴君でもある」
という古い決まり文句を
思いだしてください。

多くの決まり文句のように
これも表向きは
ずいぶん時代遅れで
ありきたりに聞こえますが
じつは重大な恐ろしい真実を
言いあらわしているのです。

銃で自殺する大人の
ほとんどが
撃ち抜くのは……
頭部なのですが
すこしもこれは偶然ではない。

こうして自殺する人の大半は、
じつは引き金をひく前から
とうに死んでいるのです。

あなたがたの受けたリベラル・アーツの教育に
リアルで、のっぴきならぬ価値が
あるはずだとすれば、ここだと思います。
あなたがたのこれからの
快適で豊かで
ちゃんとしたものであるはずの社会人生活が
知らぬまに、死人も同然の
頭の奴隷に変じて
尊大にも唯一無二の存在として孤立し
生来の初期設定のまま
来る日も来る日も過ごすということを
いかに避けるかにあるのです。

こう言うと、大げさとも
抽象が過ぎて無意味とも
聞こえるかもしれません。

では、噛み砕いて申しあげましょう。

ありていに言えば、
卒業していくみなさんは
「来る日も来る日も」が
ほんとうは何を意味しているか
まだご存じでない。

アメリカの社会人の暮らしの
大部分をなすものを
卒業式のスピーチでは
だれも言おうとしません。

そこにあるのは
退屈
決まりきった日常
ささいな苛立ちです。

ここにお見えの
ご両親やご年配のみなさんなら
僕がなにを言わんとしているか
思いあたることでしょう。

実例を挙げます。
平均的な社会人の一日です。
朝起きて、やりがいのある
大卒ホワイトカラーの仕事に出勤し
九時間か十時間、がむしゃらに働きます。
一日が終わると、ぐったり疲れて
ストレスを溜めこみ
あとはただ、家に帰って
夕飯にありつき、たぶん二時間ほど
息抜きをしてから、早めに
バタンキューしたいだけ。
だって、翌朝も起きて
またおなじことを
繰り返さなくちゃなりませんから。

ところが、ふと思いだします。
家の食品が底をついていたっけ――
やりがいのある仕事が
やたらと忙しくて
今週は買う暇がなかった――
仕事帰りの車でスーパーに
立ち寄らなくちゃ。

平日の帰宅ラッシュで
道路は大渋滞
店にたどりつくまで
ふだんよりやけに時間がかかる。
やっと着いても
スーパーがまた大混雑。
もちろん、そういう時間帯だから
ほかの客もみんな仕事帰り

食材を買おうと、ごった返している。
店はぞっとするほど
蛍光灯がぎらついて
耳ざわりなＢＧＭやら
ＣＭポップスやらを流しっぱなし。
この世でもっともいたたまれない場所ですが
それでも、なんとか店に入りこんで
さっさと立ち去るしかない。

あなたは欲しい食材を探して
眩しすぎる照明の下、混雑した通路を
すみずみまでさまよわなければならない。
ほかの客もみんな、疲れた顔で急ぎながら、
カートを押している。
あなたはポンコツのカートで、
どうにかすきまを縫っていかなければならない。
もちろん、氷河みたいにのろのろと動く老人や

ぼんやりたたずんでいる人びと
落ち着きのないＡＤＨＤ*（注意欠陥多動症）の子までいて
通路はすっかりふさがれている。
あなたは歯ぎしりして、ちょっと通してくれませんかと
できるだけ丁重に頼まなければならない。
最後にやっと、夕食の食材をぜんぶそろえても、
夕方のラッシュ時だというのに
通れるレジの数が足りないのに気づく。
おかげで、信じられないほど長蛇の列。

アホらしいやら腹立たしいやら。
でも、大わらわで働くレジの女性に
あたり散らすわけにもいかない。
レジ係だってオーバーワークなのです。
このご立派な大学のだれひとりとして
想像もおよばないほど
気の滅入る無意味な仕事に従事している。

……それでも、とにかく
やっと列の先頭に立ち
食材の代金の支払いに
小切手かカードをさしだして
機械のＯＫを待っていると
「ゴキゲンヨウ」だなんて
レジ係の真っ暗な死の声が聞こえる。

それから、食品を放りこんだ
気色のわるい薄っぺらなポリ袋を
カートに入れて運ばねばならないけれど
車輪がひとつ壊れていて
狂ったようにガタつき、すぐ左によれてしまう。
それをどうにか押していき、
人の行きかう、デコボコの散らかった駐車場で
ポリ袋を車のトランクに積みかえるのですが、

帰宅の途上で
袋から中身が飛びだして散らばらないよう
収納はきちんと丁寧にしなければならない。
そしてあなたは家まで
ひたすら車を走らせるけれど、
そこもまた、のろのろの大渋滞
ＳＵＶ*だらけのラッシュアワーの道路で
行きなやむ
などなど、などなど。

もちろん、ここにご列席のだれもが
そんな経験をなさったはず――
でも、これはあなたがた卒業生が
現実に迎える日常生活の
ほんの一部にすぎません。
あくる日も、あくる週も、
あくる月も、あくる年も
延々とつづくのです。

やがてもっと空しく、もっと面倒くさく
無意味としか思えない日常が
後から後からやってきて……

ただ、肝心なのは
そういうことではありません。

大事なのは、こういう厄介な
苛々する、クソみたいな瑣事こそ
あの「選ぶ」ということが
始まる地点だからです。

大渋滞も、ごった返す通路も、レジの長蛇の列も、
僕に考える時間を与えてくれます。
ものをどう考えるか、何に目をむけるか
僕がこころして決めないかぎり、
食料品の店に行くたび
むしょうに腹が立って、みじめになるだけです。
僕に自然に埋めこまれた初期設定では
こういう目に遭うと
ほんとうにわが身しか眼中になくなります。
腹を空かし、くたびれて、ただ家に帰りたい一心で
他人はどいつもこいつも
むかつくほど邪魔だとしか、思えなくなる。
この邪魔な連中はみんな
いったいだれなんだ？

ごらん。
やつらの大半は、なんとおぞましい見てくれか。
レジの列にならぶ連中ときたら
なんて愚かで、牛みたいで、
死んだ目をした
ゾンビと化していることか、
列の真ん中で、携帯電話にがなりたてるやつは
なんてはた迷惑で、ろくでなしに見えることか。
ごらん。
これってなんて不当きわまりないことなんだろう。
こっちは一日働きづめだし、
腹ペコで、くたびれてるのに、
こいつら愚かな畜生どものせいで
家で夕食もとれず、息ぬきもできないとは。

いや、もちろん、僕の初期設定が
もっとエコ意識の高い
リベラル・アーツの定式であれば、
仕事帰りの渋滞にあって
バカでかい道ふさぎのSUVやら、GM製の「ハマー」*やら
V型十二気筒のピックアップ・トラックやらに
さんざん悪態をついて、憂さを晴らしてもいい。
ガソリンが一五〇リットルも入るタンクから
無駄にがんがん焚いて

我がもの顔に浪費しやがって、こいつらめ。
そういう巨体で、不愉快で傍若無人の車にかぎって
バンパーは、愛国心や信仰心を押し売りするステッカーだらけとは、
こりゃいったい、なんてことだ、と天を仰ぐのもいい。
運転席には、醜悪な顔をした、
無遠慮で横柄なドライバーがいて
いつも携帯に吠えながら
渋滞でたった二十フィートばかりを先んじようと
行く手に割り込んでくる。

僕はこう考えてもいい。
将来のための燃料を空しく使い果たし
たぶん地球の天候まで台なしにして
僕らは子や孫の世代にまで
どれだけ軽蔑されることか。
現代の僕ら全員が、どれだけ汚れていて
どれだけ愚かで、どれだけ我がままで
どれだけ嫌らしい世代か。
いっさいがどれだけゲスの極みか。
などなど、などなど。

さあ、僕がこんなぐあいに考えるほうを
選んだとしたら、まさに
僕らの多くがしていることですが――
それでもこんな風に考えるのは
えらく安直で、オートマチックになりがちで
い、い、
とても選択と呼ぶにあたいしない。

そう思うのは
僕に自然に埋めこまれた
初期設定があるからです。

それはオートマチックで
無意識まかせの思考法です。
僕こそが世界の中心であり
僕の当面の欲求と感情が
世界の序列を決めるべきだと
オートマチックに無意識に信じこんで
なりゆき任せにすると
退屈で、苛々して、人いきれに喘ぐ
社会人の生活の一面を体験することになります。

大事なことは、もちろん、
この種の状況を考えるとき、
あきらかに違った思考法があるということです。

この道路で全車が立ち往生し
エンジンをふかしながら、僕の行く手を邪魔しているけれど
別の見方をすることだって、できないことではない。
ＳＵＶに乗っている連中のなかには
過去に凄惨な交通事故に遭い、
以来、運転にトラウマを負ってしまって
車を走らすのに安心感を与えるような
巨大で重厚なＳＵＶを
お買いなさいとセラピストに命じられたとか。

あるいは、さっき僕の鼻先に割りこんだ
「ハマー」にしたって、隣の席に乗せている我が子が
怪我をしたか、病気にかかって、
病院へいっさんに車を走らす父親なのかもしれない。
ある意味で、れっきとした急ぐ理由があるのは、
僕よりも彼のほうで
――じつは邪魔なのは、彼でなく僕なのだとか。

あるいは、スーパーのレジの列で待つ
ほかの誰もが、おそらく僕と大差なく
退屈して苛々しているのだとか、
そのうちの何人かは、じつはおしなべて
僕よりもつらく、殺伐とした
痛ましい人生を送ってきたとか、
そんなこともありうるのだと
強いてじぶんに考えさせることを
選んだっていい。

などなど。

念のために言っておきますが、
僕はあなたがたに
訓戒を垂れようなんて思っていません。
こう考えるべきだなどと
教えようとしているわけでもない。
また、放っておけば自動的《オートマチック》に
そう考えるようになるなんて、
甘い期待を抱いているわけでもありません。
だってこれは難しいことだから。
意志と精神のたゆまぬ努力が要ることだから。
あなたがたが僕のようだと
いつの日か、それができなくなる。
それどころか
はなからそう考えようなんて思いもしなくなるでしょう。

それでも、自ら選択できるほど
あなたに確固とした自意識があるなら、
たいがいは、別の見方を選ぶことができます。
この肥った、死んだ目の、厚化粧の女性は
レジの列で、わが子を金切り声でどやしつけているけれど
――たぶん、ふだんはこうじゃない。
たぶんほんとうは、骨髄ガンで死にかけている夫の手を握り、
三日三晩、徹夜で看護しているひとなのでしょう。
あるいは、運転免許センターで働く安月給の身だとすれば、
つい昨日も、悪夢のようなお役所仕事で
タライまわしにされたあなたの配偶者を
親切なお役人らしく、ちょっぴり気を利かして
救ってくれたかもしれません。

むろん、そんな虫のいいことなんかありっこない。
でも、あながち、ありえないことでもない
――それはただ
あなたが何を考えたいか、に依るのです。

何が現実なのか、ほんとうに大切なのは
誰であり、何なのか
そんなことは分かっているさと
あなたがオートマチックに信じて疑わないのなら
——初期設定のままでいたいなら——
さっきの僕みたいに
悩ましくも煩わしくもない
別の可能性があるなんて
たぶん思いもよらないでしょう。

でも、あなたがほんとうに
ものごとの考えかたや
どこにどう目を向けるべきかを
学んできたのなら
ほかに選択肢があることくらい
見抜けるでしょう。

人がごった返し
暑苦しく、のろのろした
消費文明の地獄のただなかでも、
なお意味があるばかりか
星々を輝かせるのとおなじ力が、炎となって燃えあがり
聖なる光で満たすのは、
ほんとうは、あなた次第でしょう——
思いやりと愛、
表面を見透かせば
森羅万象はひとつです。

神秘、必ずしも真実ではありません。
大文字の「真理」はただ一つ、
それをどう見ようとするか
あなたが決めなければならない
ということです。

思うにこれは
ほんとうの教育がもたらす自由、
どうやって適応能力を備えるかを
学ぶことから来る自由なのです。
何に意味があり
何に意味がないかを
こころして決断しなければなりません。

何を崇拝すべきかは
あなたが決めなければならない……

なぜなら、ここに
もうひとつの真実があるからです。

社会人生活の
日々のタコツボのなかでは
じつは無神論なんてものはない。

崇拝するものがないなんて
そんなことはありえないのです。

だれだってなにかを崇拝しています。

僕らに唯一できる選択は
なにを崇拝すべきか、だけです。

そして、ある種の神とか、スピリチュアルなものを
崇拝の対象に選ぶダントツの理由は
——それがＪＣ（イエス・キリスト）であれ、アッラーであれ
ＹＨＷＨ（ヤーウェ）*であれ、魔女教の母神*であれ
仏教の「四《し》諦《たい》」*であれ、
なにか神聖不可侵な倫理原則であれ——
それ以外のものを崇拝したら
きっと生きながら食い尽くされる
と思ってしまうからなのです。

あなたがたがカネとかモノとかを崇拝すると
――それらが人生において
ほんとうに意味があると思うのであれば――
けっして満ち足りる日は来ません。

一向に充足感がなく、
底なしになります。

これはほんとうのことです。

じぶんのからだや美貌や
性的な魅力にうぬ惚れてみなさい。
すると、つねにじぶんの醜さが気になってきます。
時が経ち、齢《よわい》を重ね、老いが忍びよるにつれ
最後に息をひきとるまえに、
あなたは百万遍も死を迎えます。

あるところまでは
僕らもすでに気づいています。
――それは神話やことわざ、
決まり文句や慣用句、
あるいは警句やたとえ話としてコード化され、
あらゆる大きな物語の骨格をなしています。

そのトリックは
つねに意識の真正面に
掲げられているのです。

権力を崇拝してみなさい。
――あなたは弱く怯えきった自分を感じるでしょう。
その恐怖を寄せつけまいとして
他人を支配するちからが
もっともっと必要になってきます。

知性を崇拝してみなさい。
抜け目のないやつとみられながら
つねにびくびく怯える日々を過ごして
――やがてはじぶんの愚かさを感じ
お終いになるでしょう。

などなど。

さて、こうした崇拝のありようが
油断ならないのは
邪悪だとか罪深いからではありません。
無意識のうちだからなのです。

初期設定のままだからです。

そういう崇拝は
あなたがたがなし崩しで
日に日に深みにはまりこんでいくものです。
じぶんが何をしているのか
徹底した自覚がないから、
何を見て価値をどう測るかが
どんどん狭まっていくのです。

そして、いわゆる「現実の世界」なるものは
初期設定のまま、やりすごそうとするあなたのまえに
立ちはだかってくれません。
だって、人びとやカネや権力の群がる
いわゆる「現実の世界」は
恐怖と軽蔑、屈託と渇望
そして自己崇拝を、炉にくべて焚くからこそ
滑らかに回っているのですから。

僕たちのこの文明は
類のない巨富と快適さと
個人の得手勝手に屈したあげく
こういう力を利用してきたのです。

そこでの自由とは、せいぜいが
あらゆる創造の中心に
ぽつんと孤立して
頭蓋骨サイズのちっぽけな王国で
ふんぞり返る暴君の自由です。

まあ、こういった自由にも
見るべきものはあるでしょう。

しかしもちろん、まったく
別種の自由もあるのです。
なによりも貴重なその自由が
あなたがたの耳に聞こえないのは、
渇望と達成、これ見よがしに明け暮れる
広大な外の世界では、
あまり語られることがないからです。

ほんとうに大切な自由というものは
よく目を光らせ、しっかり自意識を保ち
規律をまもり、努力を怠らず
真に他人を思いやることができて
そのために一身を投げうち
飽かず積み重ね
無数のとるにたりない、ささやかな行いを
色気とはほど遠いところで、
毎日つづけることです。

それがほんとうの自由です。

それが、ものの考えかたを教わる
ということです。

もうひとつの道は、無意識のままでいることです。
初期設定どおり、せわしない「ネズミの出世競争」——
果てしなく持つか、
あるいは果てしなく失うか
絶えずせきたてられ、
不安に駆られる、あの感覚。

卒業式のスピーチの
主たるテーマにしては
こんな話はおそらく
面白くないし、陽気でもないし、
ひとを大いに鼓舞するものでもない。
それは僕も承知しています。

ただ、僕の知るかぎりでは
これが真理なのです。
どうでもいい修辞を
すべて取り払った裸の真実です。

当然のことながら、
あなたがたはお好きなように
どうとでも考えることができます。

でも、どうか
後ろ指を指されないようにと説く
ローラ・スミット博士*のお説教といっしょくたに
この話を聞き流さないでほしい。

これはまったく
モラルとか、宗教とか、ドグマとか
死後の生があるかないかなんていう
大仰な話ではありません。

大文字の「真理」とは
死ぬ以前の
この世の生にかかわることです。

三十歳になるまで
いや、たぶん、五十歳になるまでには
どうにかそれを身につけて
銃でじぶんの頭を撃ち抜きたいと
思わないようにすることなのです。

これが、ほんとうの教育の
ほんとうの価値というものです。
成績や単位とは無縁な
ごくシンプルな自意識をもって
行なうことのすべてなのです――
それはきわめてリアルで本質的であって
僕たちの身のまわりの
ごくありふれた光景に潜んでいるので
そのたびにじぶんを励まし
意識し続けなければならないと
肝に銘ずることです。

「これは水です」

「これは水です」

「あのエスキモーたちは
じぶんが思っている以上の存在かもしれない」

それをこころに刻んで
社会人として
来る日も来る日も
生きていくことは
想像を絶するほど難しい。

それはまた、
もうひとつの立派な決まり文句も
真実であることを意味します。
すなわち、
あなたがたが自身を啓蒙するのは
一生をかけた大仕事であり、
それは始まったばかりだということです。
――まさに、今。

あなたがたに
ご多幸以上のことあれかし
と祈ります。

〈訳者解説〉

# 「蒼白の王」のグッドバイ

阿部　重夫

デヴィッド・フォスター・ウォレスが縊死したのは二〇〇八年九月十二日である。「これは水です」は、その自殺の三年前、オハイオ州でもっとも古い一八二四年創立のケニオン・カレッジの卒業式に招かれ、卒業生に贈った「はなむけの言葉」だ。ウォレスはこの大学の学生だったことも教鞭を執ったこともないが、生涯で一度きりのこのスピーチを引き受けたのはなぜなのか。

友人たちが共通して証言するのは、双極性障害（躁鬱病）を病んだ彼の強い自殺念慮だろう。ハーヴァード大学の院生時代、ボストン西部の精神病院マクレイン病院に入院したこともある。そのときは自殺を企てて未遂に終わり、重度の薬物およびアルコール中毒に陥っていた。集団療法だけでなく、ＥＣＴ（電気痙攣療法）も受けた。

いわゆる電気ショックで、貴重な記憶も一部損じたが、転院を機に回復に向かい、ついに一気呵成に千ページ余の大作『無限の道化』を書きあげた。

だが、病者の光学は去りやらない。次の長編に十年余も呻吟し、彫琢を重ねて四十六歳になっても完成できなかった。二〇〇八年、大統領選挙に出馬する民主党候補バラク・オバマ陣営が、デンバーの党大会で行う演説のスピーチライターとして彼に白羽の矢を立てたが、精神状況が不安定なためキャンセルした。すると、その夏の北京五輪のルポは書けないか、とニューヨーク・タイムズ・マガジンから打診が来た。ウォレスと結婚していた画家カレン・グリーンが、「体調不良で旅行はできない」と断った。

長らく頼ってきた抗鬱剤ナーディルの服用をやめたのが裏目に出たらしい。七月、単身で近所のモーテルにチェックインし、見つけられる限りの薬を飲んで自殺を図った。失敗して目が覚めると、一晩中、彼を探していたカレンに電話し、「生きててうれしい」と語った。入院した病院で、避けていたECTを十二回も受けたのは、衰えた心身にもはや薬物が効かなくなっていたからである。が、必然的に起きた記憶障害に、もう二度と書けない、と絶望したのかもしれない。

友人が見舞いに来てその面変わりに驚いた。死のうとしたとき、何を考えていたのかと訊くと、一瞬沈黙して、ウォレスは「覚えていない」とこたえた。

いったん退院して帰宅しても、カレンは油断できなかった。庭の散水ホースがなくなっているのに気づいて探すと、車のトランクからみつかった。マフラーのパイプから排ガスをホースで車内に引きこみ、一酸化炭素中毒死するつもりだったのだ。問い詰めると、彼はもう二度とやらないとこたえたが、カレンには信じられなかった。

もう一度、抗鬱剤に頼ることにした。九月十二日の金曜、彼は翌週の月曜にカイロプラクティクスの予約を取り、カレンに彼女が自作のショールームにしているギャラリーに「行ってもいいよ」と声をかけた。「そうよね、自殺する気なら、カイロプラクティクスの予約なんてしないわよね」と彼女は納得して外出した。

妻が去ると、ウォレスはガレージに行き、電灯をともして二枚の書き置きを認《したた》めた。それから家を通りぬけてパティオに出ると、椅子を出して梁《うつばり》から首を吊った。九時半にもどってきたカレンは、縊《くび》れて息絶えた彼を見つける。煌々と電灯がつけっ放しのガレージには、二百ページ近い未完の長編の原稿が几帳面に積んであった。

同じ週末、ニューヨークでは、負債総額六千百三十億ドル（当時の円相場で約六十四兆円）という空前の倒産劇が土壇場を迎えていた。投資銀行リーマン・ブラザーズの断末魔である。連邦政府は公的資金の注入を拒否、売却交渉が頓挫して、週明け月曜十五日に連邦破産法十一条を申請した。ウォレスと同じく、リーマンにも月曜は来なかった。

鬱病に斃れた作家と、世界を震撼させた投資銀行の死は、むろん何の関係もない。だが、未完の遺作が国税庁（ＩＲＳ）を舞台として、大減税で巨額の財政赤字を残したレーガン税制改革によって、一九八五年に税務と企業会計の世界で起きた「倦怠」（モラル・ハザード）を走馬灯仕立てのノヴェルに書こうとした未曾有の構想だったことを思うと、二つの死の「同期」は偶然とは思えない。

「税法は世界最大のチェス・ゲームのようなものだ。体制に支配され、組みこまれた人びとの倫理学と市政学との同意について、ありとあらゆる厄介な難問を抱えているからね。僕にとって、ちょっとした数学みたいなものさ。僕にその才覚はないけど、それでも税がエロチックに面白いことを発見したのさ」（二〇〇七年四月二十二日付ジョナサン・フランゼン宛メール　Ｄ・Ｔ・マックスのウォレス伝『あらゆるラヴストーリーはゴースト・ストーリーである』より私訳）

ウォレスは死の前年、友人にeメールでそう書いている。あの索漠たる税務に官能性があるとすれば、厚生経済学のアーサー・ピグーが想定したような、外部不経済への課税によって「市場の失敗」を是正するという処方箋だろう。ウォレスは大学で経済史に惹かれ、大恐慌とニューディールに始まるアメリカ資本主義の変質に思索を重ねていた。価値とは何か。そう問いつづけた遺作は、二〇一一年に未完のまま『蒼白の王』The Pale Kingとして公刊された。

彼はアメリカの「狼疾」と刺し違えたのだ。

＊

米国の大学には、卒業式に学外の有名人を招いて名誉博士号を授与し、その返礼にスピーチしてもらうコメンスメント・スピーチ（祝辞）の習慣がある。スピーカーは同窓である必要はなく、卒業生と同じようなガウンとフード、正方形の角型帽（モルタルボード）を被り、人生の先達として励ましの言葉を贈るアトラクションで、笑いを取りながら工夫を凝らし、世をうならせる名文句を連ねたスピーチが数多くある。**アップルの創業者スティーヴ・ジョブズ**がスタンフォード大学でウォレスとおなじ二〇〇五年に行ったスピーチで「ハングリーのまま、愚直なままでいよう」stay hungry, stay fool と語ったのが有名だが、ほかにも例を挙げよう。

**マイクロソフト創業者ビル・ゲーツ**（二〇〇七年、ハーヴァード大学）複雑だからといってやめるな。行動家になれ。大きな不公平を引き受けよ。それはあなたがたの人生の大きな経験のひとつになるでしょう。

**女優メリル・ストリープ**（二〇一〇年、バーナード・カレッジ）有名人になることは私に隠れることを教えた。でも俳優になって私は魂を開いた。

**カリフォルニア州知事アーノルド・シュワルツェネッガー**（二〇一〇年、エモリー大学）私の場合、ボディービルディングから演技、公共事業から政治、と常に複数のキャリアを持つという大切なルールが、信じられないほどの成功へと導いてくれました。単純にこのルールが奏功したのです。自分自身を信じ、ルールを破り、失敗を恐れず、反対ばかり口にする人は無視して、ハングリーでいてください。

**男優デンゼル・ワシントン**（二〇一一年、ペンシルヴァニア大学）トーマス・エジソンは実験の失敗を千回も重ねた。ご存じでしたか。私は知らなかった。千一回目の実験の電球で大あたりしたからです。前のめりに倒れよ。あらゆる失敗した実験は、成功に一歩近づいたあかしなのです。

**米大統領バラク・オバマ**（二〇一六年、ハワード大学）人々を締め出そうとするな。彼らの口を閉ざそうとするな。たとえどれほど彼らに不同意であっても。……なぜなら、私の祖母がよく言っていたように、愚者は語るたびに、おのれの無知をさらけだしているだけだから。彼らに言わせておやり、と。

ウォレスの「これは水です」も、その悲しい最期ゆえに、二〇一〇年のタイム誌でコメンスメント・スピーチのベストワンと評価されている。実はケニオンでは、ヒラリー・クリントンや元宇宙飛行士ジョン・グレンら他の候補も挙がっていたらしい。だが、二十四歳で書いた処女長編『システムの箒』（邦題『ウィトゲンシュタインの箒』）と、三十四歳で『無限の道化』を完成したウォレスが選ばれた。その激烈な諧謔と優しさ、百科事典のような博識と偏執に、若い世代は憧れたのだろう。

ケニオンの申し出に当初、ウォレスはまだ四十三歳でそんな年齢ではないし、人前で話すのは苦手だと断ろうとしたが、大学側が説得に成功したのは、スピーチ後に好きなだけテニスをしていい、という条件に応じたからだという。「これは水です」は録音され、自殺後に広告会社が制作した動画がユーチューブにアップされ、一週間でアクセス数が五百万件に達した。

＊

病に苦しんで逡巡しながらスピーチを引き受けたのは、ケニオン・カレッジが彼の学んだアマースト大学とおなじようなリベラル・アーツ・カレッジだったからだろう。彼は中西部イリノイ州の平原で育ったが、生まれは一九六二年、ニューヨーク州イサカである。父がコーネル大学で哲学を専攻する院生だったからで、のちに父がイリノイ州立大学の教授になると、シカゴ南方のシャンペーンに移った。

ローティーン時代はテニスが得意で、州でも指折りの強豪だったが、ハイティーンにさしかかって伸び悩み、とうとうテニスを断念して数学と論理学に没頭する。進学先に選んだのは、東部マサチューセッツ州の内陸にあるアマースト大学だった。かつて内村鑑三や新島襄も学んだリベラル・アーツ・カレッジの名門で、同志社大学の姉妹校でもある。一介のテニス少年が二十世紀最後の大作家として開花するのは、ここで学んだことが大きい。

リベラル・アーツは「一般教養」と訳されるが、単なるＳＴＥＭ（Science, Technology, Engineering, and Mathematics）教育のことではない。本来は「人を自由にする技芸」という意味である。起源は古代ギリシャにまでさかのぼるが、九世紀のカロリング朝で「自由七科」(septem artes liberales)の定義が定まり、十二世紀ヨーロッパで生まれた大学では、言語にかかわる文法、論理学、弁証法(修辞学)の「三学」(trivium)と、数学に関わる算術・幾何・天文・音楽の「四科」(quadrivium)の計七学科を教えるようになった。これが今日の文系、理系のはじまりだ。神学や哲学、法学、医学は、この世俗の七学科を終えてから進む専門教育とされた。現代のリベラル・アーツも、専門教育を受ける前に幅広い教養を涵養する「教養課程」と位置付けられている。

ウォレス自身、ポストモダンだのメタフィクションだの、区々たる小説技法の末流にとどまる作家ではなかった。短編集やエッセー集では、数理論理学からポルノ論やヒップホップ論、無名のテニス選手の挫折から、ロブスター・フェスティバル考まで、縦横に論じる多才ぶりを発揮、リベラル・アーツの権化と言っても過言ではない。

ハーヴァード大学で受講した哲学ゼミの影響もあったろう。その教授スタンレー・カヴェルは十代で白人のアルト・サックス奏者として黒人ジャズバンドに加わり、カリフォルニア大学バークレー校で音楽を学んでジュリアード音楽院に進んだが、興味を失い、哲学に転じた。ウォレスがウィトゲンシュタインや映画、音楽など多方面に関心を寄せたのは単なる衒学ではない。

日本でも戦後の学制改革で各大学に教養部が設けられた。が、どこも形骸化して、いまや高校教育の「補講」機関と化している。本来の「人を自由にする学」を忘れたのが、二〇一八年四月施行の新しい高校学習指導要綱だろう。「統計教育の強化」を謳った単元追い出しでベクトルが数学Cに移されたため、高卒の文系の大半がベクトルを知らない事態を招くとして灘中学・高校の数学科教師らから抗議の声があがった。

「高校数学で学ぶベクトルや、かつて学んでいた行列・一次変換は、大学の初年度に学ぶ線形代数に直結します。線形代数と微分積分を土台として計量経済学や統計学が確立され、そして統計を用いて経済学をはじめとする社会科学が成り立っています。このように、線形代数は必要不可欠な基礎学問です。しかし、高校数学よりも抽象度が格段に増すため、明確なイメージを持ちやすい2次元や3次元で具体例を十分に扱っておかないと、十分な理解が得られません。例えば、行列・一次変換は、文系では一九九五年以降、理系でも二〇一四年以降、高校数学から実質的に追い出されました。大学の初年度教育の担当者は、限られた時間の中で、高校数学でかつて扱っていた内容を従来の内容に加えて教える必要があり、現在もなお苦労しているそうです。それに加えて今度はベクトルまでも追い出されるとなると、大学の初年度教育へのしわ寄せは計り知れません。」（河内一樹「近い将来、日本の文系の高校生はベクトルを学ばなくなる?」）

君たちはどう生きるか。黙って独習するしかない、ベクトルを、行列式を、偏微分を、チューリングマシンを、ナッシュ均衡を。「文系」の愚の初期設定は、そうすれば逃れられる。狂信や先入観、しがらみや因循姑息から、数理が君を解き放つ。テニス・ボーイの呪縛を解かれたウォレスのように。

＊

理想化された平等や民主主義を金科玉条とするヘナチョコを「リベラル」と呼ぶのがいつしか固定してしまった。そのレッテルを貼って魔女狩りにいそしむ「なんちゃってウヨク」も無知は同罪で、リベラルか否かは本来、政治思想の保守革新とは位相が違うはずだ。初期設定に囚われるか否かの違いがあるだけだ。

米国のリベラル・アーツ・カレッジは、学士課程だけの少人数全寮制をとる私立または州立の大学であり、研究部門の大学院を備えた総合大学のアンチテーゼといった存在である。羽仁夫妻が創立した自由学園、また戦後の東京大学で旧制一高を転じた独立の教養学部、米国を範とした国際基督教大学（ＩＣＵ）がその流れを汲んでいる。ハーヴァード大学などアイビーリーグ八校も本来はリベラル・アーツ・カレッジだったが、総合大学に移行していった。どうしても研究優先で教育が二の次になりがちで、助手か講師の〝代講〟が多い。マスプロ教育に傾く総合大学に対し、リベラル・アーツ・カレッジでは教授自ら教壇に立ち、親身になって学生に教える。濃厚な師弟関係のなかで幅広い教養を身に着けさせ、偏見やドグマに左右されない「自由な」人間を育てる、という上流または中流の上の富裕層の理想がバックボーンになっている。

ケニオン・カレッジは「リトル・アイビー」と言われるリベラル・アーツ・カレッジのなかでも、卒業して総合大学の大学院に進む学生が多い。古くはリンカーン時代の陸軍長官エドウィン・スタントンや第十九代大統領ラザフォード・ヘイズ、最近では俳優のポール・ニューマンらが卒業し、芥川賞作家、庄野潤三も留学した。

ウォレスは口に糊するため、大学の創作学科で教鞭を執った。作家志望の生徒たちに小説の書き方を教えるカルチャーセンターばりの講義が、米国では正規の大学教科とは驚きだが、著名作家を教授に抱えて「客寄せパンダ」にする大学商法のひとつだろう。ただ、執筆に長い年月がかかる作家は、そうでもしないと生計が立たない。そこに変質するリベラル・アーツへの屈託が隠れていると見るのは穿ちすぎだろうか。

ウォレスのスピーチは、静止画の録音ならユーチューブで今も聞くことができるが、本のテキストとは百カ所近い異同をふくむ。登壇した彼が冒頭、「汗をかきたいかたはどうぞ。僕もそうします」と言って、多汗を口実に暑苦しい正装のガウンをたくしあげ、半袖の腕をまくった格好になるくだりが、本では省かれている。著作権も絡んでか、録音を字にしたバージョンは、大学のホームページから消えた。

しかしカジュアルな姿で、ありきたりなものは目に見えないと語りだすのは、いかにも彼らしい。いや、これも場違いな自分を韜晦する演出だったか。あとは早口で棒読みのように語り、ときおり聴衆の笑い声がまじるが、じっと耳を澄ましていると、真摯で沈痛な響きがあって、絶体絶命から発する命懸けのことばと思えてくる。

「これは水です」のたとえ話は、同じような諺が日本にもあって、「魚の目に水見えず、人の目に空(風)見えず」という。本だけにある「三十歳になるまで、いや、たぶん、五十歳になるまでには、どうにかそれを身につけて、銃でじぶんの頭を撃ち抜きたいと、思わないようにすること」という一節を読むたび、考えこまざるをえない。

ウォレス、そのグッドバイは痛すぎる。

# 訳注

p27 **テンプレート** コンピュータ用語で、文書などを作成する際に頻繁に利用する雛形のフォーマットのこと。本来は型板あるいは台座の意味だった。

p41 **初期設定** default settinng はコンピュータ用語。予め設定されている標準の状態・動作条件のことで、「初期値」ともいう。

p75 **ADHD** 発達障害の一つ。英語で Attention-Deficit / Hyperactivity Disorder の略号。学齢期で三〜七%と言われる。

p79 **SUV** Sport Utility Vehicle の略。レジャー用の「スポーツ用多目的車」。米国人が好むピックアップ・トラックをベースに三ドアか五ドアの大型車で、一九九〇年代に流行した。

p86 **ハマー** 男優アーノルド・シュワルツェネッガーの要望で一九九二年に軍用

車をモデルチェンジしたSUV。リッター四キロと燃費が悪く、環境規制もあって二〇一〇年に生産停止。

p 111

**ヤーウェ**　一神教であるユダヤ教の神エホバのこと。ウォレスはヘブル語のローマ字表記「YHWH」（神聖四文字＝テトラグラマトン）で書いている。

**魔女教の母神**　Wiccan Mother Goddessは、英国のオカルティスト、ジェラルド・ガーナーが、一九五〇年代にマン島の魔女博物館を拠点として始めた新宗教である。

**四諦**　ブッダが最初の説法で説いた苦諦、集諦《じったい》、滅諦、道諦をさす。「苦諦」とはこの世の一切が苦であるという真理、「集諦」とはさまざまな悪因が集まって苦をなすという真理、「滅諦」は執着を断てば苦を滅し、「道諦」は悟りを得るには八正道によるという真理である。

p 136

**ローラ・スミット**　ミシガン州カルヴィン・カレッジ教授、大学生に失恋体験をインタビューし二〇〇五年に『わたしを愛して、愛さないで——求められざる愛の倫理学』を書いた。

## 校訂

本書は米国の出版社リトル・ブラウン・アンド・カンパニーが二〇〇九年四月に出版したThis Is Water: Some Thoughts, Delivered on a Significant Occasion, about Living a Compassionate Lifeを底本とした。リトル・ブラウン版（LB版）の奥書は、ウェブサイト（またはそのコンテンツ）には責任を負わないとしているが、ユーチューブではケニオン・カレッジで行ったスピーチの録音が流れている。大学がテープ起こししてホームページに載せていたテキスト（K版）とはかなりの異同がある。主な異同は以下のとおり。

p26　K版は「この信心家をさも呆れたやつと言わんばかりに」like the religious guy is a total simpのくだりがない。

p45　「わかるでしょ」you gets the ideaの一文全体がK版にない。

p50　この一文全体がK版では「この問いはかなり曲者です」This question gets very

tricky. に置き換えられる。

p53 「いつも囁きかけてくる」のあとに、K版は丸カッコつきで（今現在も起きているかもしれませんが）may be happening right now という挿入句がある。

p61 「偶然ではない」のあとに、K版では「彼らは暴君を撃ったのです」They shoot the terrible master の一文があるが、編者が配慮したのか、LB版は削除している。

p74～75 「もちろん、氷河みたいに」から「丁重に頼まなければならない」までがK版になく、丸カッコで「などなど、などなど、これは長い儀式なので割愛する」（et cetra, et cetra, cutting stuff out because this is a long ceremony）と飛ばしている。

p77 「小切手かカードをさしだして、機械のOKを待っていると」and wait to get your check or card authenticated by a machie のくだりがK版にはない。

p78～79 K版は「ポリ袋を車のトランクに」から「しなければならない」まで4行が欠落。

p85 K版では「これってなんて深刻で個人的にも不当」how deeply and personally unfair this is とあり、「こっちは一日」から「息ぬきもできないとは。」までがない。

p87 K版の録音では、「不愉快で傍若無人の車にかぎって」に聴衆席から歓声があがり、ウォレスは「（とはいえこれも、ものを考えない一例なのですが）」(this is an example of how NOT to think, though) と言って文脈に戻る。

p 88　K版は「などなど。」のあとに行替えして、「ピンとくるでしょ」you get the idea とp46で省いた文章とほぼ同じ一文が加えられている。

p 96　K版はこの「などなど。」がない。

p 101　K版は「ものごとの考えかたや」の1行がない。

p 102　「星々を輝かせる」lit the stars がK版では「星々を生む」made the stars で、「思いやり」以下は「愛、親しみ、深みでは万物は神秘の一に帰す」love, fellowship, the mystical oneness of all things deep down となっている。

p 106　「もうひとつの真実」がK版では「奇妙だけれど、もうひとつの真実」something else that's weird but true になっている。

p 111　「ダントツの理由」が、K版では「選ぶであろう抜き差しならぬ理由」compelling cause for maybe choosing になっている。

p 118　「恐怖を寄せつけまいとして」が、K版は「じぶん自身の恐怖を麻痺させようと」to numb you to your own fear になっている。

p 120　K版は「などなど。」の1行がない。

p 131　「ものの考えかたを教わる」が、K版では「それが教育を受けたということであり、ものの考えかたを理解するということです」That is being educated, and understanding how to think になっている。

p139 「三十歳になるまで」の一文全体がK版には存在しない。

p143 「あのエスキモーたちは」の一文全体がK版になく、録音でも語ってない。

p145 「真実であることを意味します」との断定が、K版では「やがて真実になるだろう」another grand cliché turns to be true と推定にしている。

**デヴィッド・フォスター・ウォレス**（1962 〜 2008）
作家。イリノイ州で育ち、少年時代はテニス選手。アムハースト大学で様相論理と数学を専攻、25 歳で書いた処女長編『システムの箒』で作家デビューする。アリゾナ大学創作学科で修士課程を修了、ハーヴァード大学哲学科に移るが、鬱病で中退。詩人兼作家メアリー・カーとの恋愛を経て、95 年に 1076 ページの長編『無限の道化』を完成させた。ほかに短編集『奇妙な髪の少女』『オブリビオン』『醜男たちとの短いインタビュー』、超限数論の『万物とそれ以上』、エッセー集『ロブスター考』『僕が二度としない面白そうなこと』。共著で音楽論『ラップという現象』もある。未完の長編『蒼白の王』を残して自殺した。

**阿部重夫**（1948 〜）
調査報道記者。東京生まれ、1973 年、東京大学文学部社会学科卒。日本経済新聞社に入社し、社会部、整理部、金融部、証券部、論説委員兼編集委員を経て 95 年にロンドン総局駐在。98 年に退社し英国ケンブリッジ大学客員研究員としてイラク大量破壊兵器問題を研究した。99 年から月刊誌「選択」編集長、2006 年に月刊誌 FACTA を創刊した。著書に『イラク建国』（中公新書）、共著に『オリンパス症候群』（平凡社）、『東芝大裏面史』（文藝春秋）、訳書に P・K・ディック『あなたを合成します』『ブラッドマネー博士』（サンリオ文庫）、『市に虎声あらん』（平凡社）、『ジャック・イジドアの告白』（ハヤカワ文庫）がある。

田畑書店

これは水です

2018年　7月31日　第 1刷発行
2025年　2月10日　第16刷発行

著 者　デヴィッド・フォスター・ウォレス
訳者　阿部重夫

発行人　大槻慎二
発行所　株式会社 田畑書店
〒130-0025　東京都墨田区千歳 2-13-4　跳豊ビル 301
tel 03-6272-5718　fax 03-6659-6506
装幀・本文組版　田畑書店デザイン室
印刷・製本　中央精版印刷株式会社



Printed in Japan
ISBN978-4-8038-0353-2 C0198
定価はカバーに表示してあります